抬头望月的人,是个瞎子
上古的岩画里,我们相对而坐
互为映像

江西文化艺术基金资助项目

莽苍集

三子 著

山西出版传媒集团　北岳文艺出版社

·太原·

图书在版编目（CIP）数据

莽苍集 / 三子著 . 一太原：北岳文艺出版社，2024.4

ISBN 978-7-5378-6835-8

Ⅰ.①莽… Ⅱ.①三… Ⅲ.①诗集—中国—当代 Ⅳ.① I227

中国国家版本馆 CIP 数据核字（2024）第 058383 号

莽苍集

三子 / 著

//

出品人 郭文礼	出版发行：山西出版传媒集团·北岳文艺出版社 地址：山西省太原市并州南路 57 号
选题策划 贾江涛	邮编：030012 电话：0351-5628696（发行部）　0351-5628688（总编室） 传真：0351-5628680
责任编辑 贾江涛	经销商：新华书店 印刷装订：山西人民印刷有限责任公司
书籍设计 张永文	开本：890mm×1240mm　1/32 字数：150 千字 印张：5.75
印装监制 郭　勇	版次：2024 年 4 月第 1 版 印次：2024 年 4 月山西第 1 次印刷 书号：ISBN 978-7-5378-6835-8 定价：59.80 元

本书版权为本社独家所有，未经本社同意不得转载、摘编或复制

目录

辑一
恩江镇
▶

002 光影
003 听戏
004 流水
005 橘园
006 江畔
007 疑问
008 对坐
009 写信
010 除夕
011 古渡
012 薄雾
013 阴天
014 雨水
015 蛙鸣
016 异乡
017 书生
018 元夜
019 门当
020 消息
021 屋顶
022 冬日
023 面孔
024 安寂
025 记述

026　春雪
027　隐疾
028　礼物
029　斯人
030　遗留
031　如寄
032　打铁
033　绝句
034　七年
035　告别
036　火车

辑二
造塔记
▶

038　造塔记
039　河水在静静流淌
040　虚构
041　搜神记
042　望春风
043　流水之诗
044　秋天的地铁
045　时间已过去大半
046　处暑次日，同江子、晓君小聚
047　谁在天上看我
048　入秋小记
049　枯荷记
050　垂柳诗
051　湖里的天空
052　野鸭子之歌
053　放风筝的人

054	落日
055	风吹断树枝
056	夜色一种
057	和圻子谈起故乡
058	秋天之物：致布衣
059	枯山水
060	乌有之物
061	雨水辞
062	月光很白
063	埋骨之地
064	青山书
065	岁末之诗
066	日记
067	星空
068	一棵树
069	青苔记
070	在露台抽烟的人
071	穿行
072	孤独书
073	骷髅记
074	草木诗
075	黄昏
076	草里的名字
077	鸟飞走了
078	晚年之诗
079	丘陵上
080	对镜
081	屋宇

082	天空
083	水里的月亮
084	秋游记
085	鹤鸣记
086	为五十岁而作
087	静物记
088	暮色中
089	鸟鸣
090	寿量寺忆
091	浮世
092	我们
093	行程
094	遇见
095	一枚钉子
096	在去年的星光下
097	致辞一
098	致辞二
099	致辞三
100	寻猫记
101	秋雨
102	送秋风

辑三
莽苍集

104	莽苍集
122	堪舆师之诗
131	桃花七杀
134	悟空传
147	重卡车之夜
153	十一楼
164	王维

054	落日
055	风吹断树枝
056	夜色一种
057	和圻子谈起故乡
058	秋天之物：致布衣
059	枯山水
060	乌有之物
061	雨水辞
062	月光很白
063	埋骨之地
064	青山书
065	岁末之诗
066	日记
067	星空
068	一棵树
069	青苔记
070	在露台抽烟的人
071	穿行
072	孤独书
073	骷髅记
074	草木诗
075	黄昏
076	草里的名字
077	鸟飞走了
078	晚年之诗
079	丘陵上
080	对镜
081	屋宇

082	天空
083	水里的月亮
084	秋游记
085	鹤鸣记
086	为五十岁而作
087	静物记
088	暮色中
089	鸟鸣
090	寿量寺忆
091	浮世
092	我们
093	行程
094	遇见
095	一枚钉子
096	在去年的星光下
097	致辞一
098	致辞二
099	致辞三
100	寻猫记
101	秋雨
102	送秋风

辑三
莽苍集

104	莽苍集
122	堪舆师之诗
131	桃花七杀
134	悟空传
147	重卡车之夜
153	十一楼
164	王维

辑一 | 恩江镇

光影

驼背桥上,走过几个
醉酒的行人
驼背桥下
晃过几帧无声的虚影

驼背桥头,杀了一辈子猪的
屠夫,年纪过了八十
他睡在躺椅上流口水时
最小的孙女已是
如花似玉
浑身全无半点因果的痕迹

有时,种瓜偏会得豆
种豆反能收瓜
我在小镇上住了七年
也看着驼背桥洞里的水
又流了七年

悄悄离开那天
房东老太的猫,又产了
一窝崽。喵喵喵
几双小眼睛半睁
开始打量那新到的人间

听戏

唱戏的人走了
带着她的流水腔、翻云袖
带着满地的碎月光

而谁又开始在夜里
磨牙,再次梦见
腋下长出了奔月的翅膀

睡着就是醒着
醒着,是不是就是睡着
我不停地摇摆
选择并不存在的答案

唱戏的人走了
我抬头时,月光下的小镇
继续晃动
像一张脸,浮在水面上

流水

月光之下
恩江悄然陷于一瞬的停顿

洗足的人
再一次被流水淘空了身体

橘园

河对岸那个小小的橘园
到了秋日,就挂满
大地的灯盏。沿一条小径
我们曾去采摘过——
那时,夕光投在身后
有另一个世界那么远

可是,总有一些果子
要被任意地抛弃
它们掉在地上,吸纳着
更多的雨水,慢慢地腐烂
我们曾忽略时光的低语
只为耽于劫后的余欢

当恩江水退到脚踝
青草转黄,隐到秋的深处
——又到了
橘子熟透的时候,我们
提着竹篮出门
把来年的消息一并采完

江畔

那片被淹没的滩地
是我走过的。滩地边缘
那块悬出半尺的石头
是我坐过的。石头一侧
那株老柳树的枝条
是我轻轻扯过的

头顶之上
那一颗从不言语的月亮
是曾经
不经意照过我的

疑问

在恩江镇,我遇见的人
卖凉粉的女子、洗菜的阿婆
扎辫子的理发师
一直弓着腰的清洁工
一个个从梦里跑出来
他们,都跑到哪里去了

在恩江镇
我度过的日子,一天比一天长
想写的诗句
却一首比一首短
那些省略下来的文字
都跑到哪里去了

在恩江镇上
有我的租室一间、行李一橱
当我回转过身子
风已将人间微痕吹散
那些年——
我跑到哪里去了

对坐

你说,小镇时光
静得似乎过分,不如唱一段戏文
咿咿呀呀
弄出点声响如何

你说檐下听雨
池中看荷,无非是无趣里寻有趣
不如于梦里泡一壶温水
慢慢煮蛙如何

你说,小镇时光
是乌有的时光。起身时
对座无人——
你不知去处,我也不在来处

写信

小镇的光阴分出四季
也分出晨昏
在等待雪的日子里
我抚平宣纸,像从前一样
写一封信

我用的墨,是你留下的
落在纸上的字
是反复辗转思量的
看着它们现形,这一过程
耗尽了好不容易攒下的气力

雪花的飘落,需要
等到衰老。小镇上的旅人
来了又去
此刻的窗外,有多少虫子
正耽于一刻的熟睡

"吾友勿念……"
清风吹过耳畔,几颗星子
晃悠悠挂在天上
我将宣纸小心折好,放回
抽屉的原处

除夕

这是一月的最后一天,也是
一年的最后一天
鞭炮噼里啪啦,自河岸边的
庭院传来时,我已洗净手
坐在灰蒙蒙的暮色里

这样的一天,和往日
有什么不同
扯去门上的对联,贴上新的
而屋里的摆设、屋里的人
依然是旧的。这样的一天
和我预料的,有什么不同

暮晚的形色依然是旧的
屋外的山河,场景
也依然是旧的。我暂居的时光
是漏过指间的小镇一隅的时光

当龙蟠洲上的寺庙
钟声再次响起——
它响一声
我与尘世的距离,就远一分

古渡

三百年的老樟树,枝干微垂
老根虬伏
青苔随石板斜斜向下
一路滑向黄昏的渡口
——这里,走过背书箱的举子
出嫁的新人
走过贩夫走卒、匆匆信使
走过破晓的日、西沉的月

那一年
我在这里登岸
恩江不声不响,只见水面上
飞过几只鹭鸟
那一天,我同小镇道别
地上是零散的樟叶,几乎将石板
和青苔遮住

薄雾

小镇西头,开烧烤店的年轻人
是房东老太的孙子
每天深夜,他带回卖剩的烤鱼
一条条放入窗台下的破盆
那是猫母亲
和三只小猫的早餐

每天早晨,在猫还没有
将烤鱼啃完的时候
我会走出院门,重复头一天的
漫步和劳作。那时
不少人未曾醒来——他们
隐在河边漫起的薄雾里

那是我无法抓住的部分
我伸手,雾气就消失
当我穿行而过,它们就在身后
重新缓慢聚集

阴天

阴天,没有阳光的阴天
不下雨的阴天
我想为逐渐加深的关节痛
写一首诗
而假山下,池子里的鱼
正摆动着自己的尾巴
仿佛对那片浑浊的水
从无倦怠

雨水

江南的雨水,一旦起了头
就淅淅沥沥
怎么也下不完

青瓦下的石灰墙壁
在发霉,墙壁旁的坛罐以及
坛罐里的泡菜,一起发霉

一把伞飘出巷子,来到
南北向的
那条栽满樟树的街边

在药铺门口停住时
我看到拣药的伙计,有一张
娃娃脸

小镇的雨水,一年一年
总下不完
我的身体,也层层地发霉

离开小镇的时候
娃娃脸已成掌柜,而门楣上
还是那块掉漆的牌匾

蛙鸣

我听见过蛙鸣
我看见过青蛙鼓着腮帮
鸣叫的样子

在小镇边缘的沟渠、池塘
在更远的水田
一只只从泥里跑出来的青蛙

大声喊着春天
——那急切的情形,曾经
和我何其相似

那时,我们都穿着青衣裳
那时,我们都有大把的
好时光

现在已是十二月,旷野上
一片安寂
风声渐渐趋于静止

可是,我看见过青蛙
闭上眼睛,我隐约听见青蛙
潮湿的鸣叫

异乡

看见绿色的邮筒,我是在异乡
看见瓦檐下啄食的麻雀
我是在异乡

遇到熟悉的邻居
陌生的行人,听着古意的方言
我知道,我们都在异乡

我们在小镇上寄居
小镇,在低伏的贯岭和恩江
之侧寄居——
这是哪年开始的事

贯岭不语,恩江静流
作为主人
它们以如常的慈悲
将小镇和我们一同收容

书生

落魄书生搭船,沿五百里赣江
逆流而上,转至支流恩江
再溯行九十里
回到他的小镇时,正是初冬的黄昏
码头上不见几个人影
一棵大樟树,和石阶尽头
散落的房屋,倒映在水中
望过去,蒙着一层雾气

上述
是我在某夜梦到的场景
书生的面目模糊,他登岸时
那声低低的喟息,仿佛由我的口中
发出

元夜

灯火是看不见的电流
点燃的,不是从前的油灯、蜡烛
次第亮起时,小镇便有了
另一副隐约的轮廓
天上的月亮,却是从前的那轮
它自远处的山端,来到
近处的水底,还是那般形色

闹花灯的时辰只在书上
日子越过越单薄,不再有
蓦然回首的相遇
过了驼背桥,我继续往前走着
那是小镇的边缘
如果没有月光,我的眼前
便会是一团漆黑

更多的悲欢,依然藏于
远山和近水间
不在此刻的良夜,就在即将
缓缓而来的晨曦

门当

青石板逶迤,铺成幽深的
小巷。春光自雕檐滑下
一半落入庭内的天井,另一半
停在门楣
和两侧的石鼓上

隐约的女子,坐在
安静的光阴里
我曾见她作女红,或者
数棋子。那时
你是我的门当,我是你的户对

而江南的天气,乍暖犹寒
潮湿的墙壁
渗出淡淡水印。灰泥
如时间的蜕壳,在继续剥落

合伞,抬脚
当我走进这个似曾相熟的小院
我会是
人间的第几个房客

消息

撑船的老人,坐在石墩上
晒太阳
船泊在恩江岸边
他泊在手中的那一小壶酒里

在小镇停留的日子
我和他
有过几次交谈。这个打鱼为生的
老人,无儿无女
背有点弓,偏寡言
喝酒的时候,他的话才多些

"我在等菩萨的消息,"
有一回,他说
"时候快要到了。"良久
补一句,随后闭口不语

恩江河上
浮着一只小小木船
恩江之畔,屋瓦静谧低垂
和水面连成一片

屋顶

恩江镇东面,有座谳峰山
海拔为四百二十米
山顶有个小庙,名长春寺
寺内有三两个僧众
闲时在山上打坐念经,忙时
回山下种地

一年中,我
还有小镇上的人
总会去爬几次山。有时结伴
像踏春或秋游,边走边聊
有时,是独自一个

恰好黄昏,恰好寺里无人
我坐在微凉的石头上
越过山峦
和四百二十米的虚空
我眺望到那一撮青灰的屋顶

冬日

房东老太在院子里翻晒被褥
木杆上挂着的老棉絮
拍拍打打,冬日的阳光下
多了些浮动的微尘

几只小猫,在她的脚边打转
翻跟头,挠自己的毛
——同一个时空
愉悦自有不同的方式

我的愉悦不止一种
譬如到小镇的河边散步
或者,看隔壁篾匠用一把篾刀
将长竹剖成条条薄片

或者坐在檐下,等待阳光
落在日渐臃肿的身上

面孔

需要一架梯子,可以向上
或是向下

需要掌握修表人的手艺
将时间分解,拧合

我在梯上游走,怀抱
二十四个节气的烟火与清风

我于小镇出没,变换着
两张不同的面孔

一张是归人
翻过来的那张,叫作过客

安寂

青草在撤退,摁住霜底
的呼吸,一步步缩回土中

河水在撤退,滩地上
躺着干净的砂砾、卵石

天空的飞鸟在撤退
结着队,去了更远的南方

年关又近。我留在原地
只抱紧内心的这团炭火

记述

进入冬天以来,小镇上
已走了三个老人
唢呐嘀嘀答答,响过了三回
恩江河的水
也悄无声息地浅了三尺

天气冷过去年
而穷人的日子,还要在碗里
继续。进入冬天以来
我羞于谈论空洞的修辞
只用过期的报纸,挡住
窗格和门缝的风

进入冬天以来
房东老太将她的猫抱得更紧
她说:稍有一点动静
就会醒来,手脚越来越凉
被子越来越重

春雪

等了一整个冬天的雪,终于
在雨水节气后的第三天
落了下来

雪落在瓦面、枝叶和
石堆上,还有的
落在路边倒伏着的枯草上

眼前的雪,厚过纸上的雪
死去的雪
要厚过还在跳舞的雪

而春天已经来了
小镇上的人,沿着四个方向
出门

他们穿着昨天的鞋子
深一脚浅一脚
一个个走得比昨天更慢

雪地上的脚印
层层叠叠——
收纳了我无法听见的声响

隐疾

在小镇上,我是唯一
不饮酒的人
却携带着一个饮者的身份

每当黄昏临近
我就仄入南街的小酒馆
在那个靠窗位置

坐下。就着灯光啜饮
灯光昏暗
沉入浑浊的酒中,似泥

街面上,间或走过
几个行人
熟悉的面孔,有些模糊

七年了——透过木窗
看着自己,在此僻静一隅
坐着

小镇于我
如杯盏于虚构之酒
如一种隐疾于悬浮的肉身

礼物

在恩江镇,我见过
一个以画虎为生的人
他在草纸上画虎,在四壁的墙上
画虎。有月光的夜晚
他赤着脚,捕捉月光画虎
月光散了,便借露水里的影子
把虎留下来
离开镇子的那个午后,大樟树下
我碰到他
他抖着手,将一只斑斓老虎
从胸口掏出来:
"我养不活了
如果你有多余的月光,给你
作个礼物。"

斯人

信
躺在白的、蓝的、土黄的
信封里
信封,一扎扎
躺在老旧的木箱里
木箱,躺在房屋的某个角落里
有一天
如果抖落那些灰尘
拆开潮湿的、柔软的纸页
如果看到
既熟悉又陌生的
笔迹——"见字如面"
那一刻,山河的颜色暗改
少年面孔模糊
他在田野上奔跑,跳跃
宛如黑白的梦境

遗留

暮色中
你所经历、冥想、记录的一切
已归于静止的灰烬

一片荒草
匍匐在身后的山坡

如寄

借给我一日光阴
天亮时起床、洗漱,到巷口
吃一碗炒粉,或小米稀粥
天黑时回屋,洗漱
床上看一会儿书,迷糊间
合眼睡去

借给我一世光阴
开头和结尾无法修改
烦琐的过程,可以视情省略

打铁

小镇人越来越多
村庄搬来的,外地过来的

小镇越来越热闹
街上走动的,门口蹲着的

西坊的打铁铺
却一天比一天冷清

风箱的声音停了,那多余的耳朵
炉膛里的灰凉了,那消失的骨头

小镇越来越热闹
打铁的师傅,坐在门槛上

铁器在墙角
反射着夜晚冷冽的光

叮当叮当——
一道影子,挥起了手中的锤

绝句

大地沉睡,而丘陵和草木耸起
雾霭向远
替山河披上了另一身春衣

屋瓦沉睡,而俗世的炊烟耸起
我的身体醒了
它的哀伤,是言辞的数倍

七年

七年,像一只虫子
做完了露水里的酣梦

七年,蜕下最后一层盔甲
我与迎面而来的秋风,握手言和

告别

向小镇告别,你逼仄的
巷子,石板上滴落的雨水
你印在墙壁的疤痕,跨过门槛
的昏暗光线

向房东老太和她的猫
告别。那些小眼睛
我曾一次次对视,三年前合上的
那一双,你在夜里还转吗

抬起手,向驼背桥告别
向恩江码头,向水里的影子
告别——月光下
你听过的低语,请忘了它

走过人间的行客,一个个
有不同的烟火色
这个小镇,不在讶异故事里头
转过身,我已停在了别处

火车

站在丘陵上,我能看见更远的村庄
看见绕村庄而过的河流,看见
那列一意孤行的火车

坐在火车上,我能看见丘陵上的我
像块孤单的石头,被风一甩而过

辑二丨造塔记

造塔记

他的一生,都在渴望
建造一座砖塔
即使是夜里
他也未停止练习以下技艺:
捣和,调拌
堆砌,涂抹——
他的一生,都在努力
将词语和修辞,搬到
更高的山顶
作为旁观者,我愿意把这
不断重复的一切
当作接近月亮的过程

河水在静静流淌

河水在静静流淌。暮晚时分
在柳树下垂钓的人
他的眼睛,略眯着

一缕风吹过
水里的云越来越远
在柳树下垂钓的人,他下垂的

手臂前伸,轻轻一抖
差点——就接住了那一闪而过的
微光

虚构

他想给自己画一只鸟
纸上出现的,却只有几根
散落的羽毛
他想将那几根羽毛捡起
拼凑成自己
儿时的模样,可是整个下午
昏花的眼,也没有数清自己的
手指
整个下午,他弄不明白
自己是睡着,还是醒着

搜神记

万物自有生死
田野上有稼蔬,有鸣虫
河水里有鱼虾
远处的山峦,有层层叠影
托起我眺望过的暮色
和苍穹

而万物的生死,是否自有其所
作为一个冥想者,我
曾经试图窥视其中的隐秘
没有例外,我失败了

我失败了——
万物之一的我的失败,是不是
万物的某一种开始

望春风

我走过的阡陌
还在雾霭默默晕染的画里
我住过的村庄,屋檐低垂
偶尔可见
几个熟悉的人影

细雨初停
抬头处,万物空蒙,安寂
——此刻,十里之外的春风
已近院墙

不管不顾是哪一年的人间
它径自扑面而来,越过院墙和
所有的屋顶

越过隐在某个屋顶之下的
不二法门

流水之诗

有时流水是一种记忆
具体的细节,只在静坐的时候浮现
闪着磷火般的微光
有时,流水是一场恍惚的梦境
黑白的空间,有人来回走动
却始终看不清身影
有时用力张嘴,却发不出半点声音
现在,我写下这些
试图接近流水的内部
可是中年以后的流水,不是
三十年前的流水,绕过省城的流水
不是某个县城的流水
现在我写下的流水,也不是我们
曾经一同蹚过的流水

秋天的地铁

我习惯这种怀揣内心的
隐秘,在一张张陌生面孔中
默默潜行的感觉
偶尔间,眼神碰在一起
又迅即分开
时令已是立秋,接连下过几场雨
天气总算凉了一些
七点半的早晨,一张张陌生的面孔
在踏进地铁的一刻,准时重现
早安,背书包的孩子
早安,戴着无线耳机的年轻人
早安,和我一样中年已过
仍在为余生奔波的同行者
在有节奏的轰鸣声中,我们各有心事
但我们不发一言

时间已过去大半

时间已过去大半,有多少事
还未做完,又有多少事
没有开始就已结束
——是的
甚至从来没有开始,就已结束
譬如,一缕风无声地吹过脸颊
譬如,一首诗
多少年过去,仍旧只有
一行标题

处暑次日,同江子、晓君小聚

时光自有它的隐身术
赣江之滨,二十六楼灯火的一隅
此刻,适合隐匿的
是一瓶老酒、几碟小菜
是久别重逢的词语和曾经的
写史之心
时光自有不同的隐身术。昨日
闲来无事,整理通讯录
一大堆的名字中,竟有五个
已不在人世——
那一瞬,你是否会有一种惊讶
和惶恐。此刻,谈论还在继续
赣江之滨,对应着二十六楼的灯火
当我们谈到不断抬高的
发际线,我起身推开窗户
江面吹来的风,带来一丝湿气
天气微微转凉。我知道
我们所谈论的,是窗外的江水
正在送走的

谁在天上看我

走在北京东路,高新大道
来来往往的车流,熟悉的店铺
和摊贩,嘈杂的市声中
谁在不远的某处看我

迎着入秋后的第一场细雨
踩湿路灯下的影子,赶上末班地铁
午夜将至,谁在游动的
车厢之外看我

人间事,如此卑微
和寻常。我试图在这张纸上描述
头微微侧过的瞬间
谁,在天上看我

入秋小记

鞘翅目的甲壳虫,开始了
一轮蜕皮。乌鸦飞过南方的屋顶
它的粪便
掉在樟林边的空地,来年恰好
催长一叶蒺藜

不觉间,又是入秋
如我所见,沿着石阶路延展的四野
空空荡荡

如我所愿,遗落于这个世间的景物
慈悲安详

枯荷记

秋的山水宜用枯笔画出
零落的荷枝,不着墨
三三两两
挑破了湖面的波纹

观荷的人
面孔倒入水中。他浮动的面孔
和荷一般的瘦

倘若
不能顺手将湖面的亭台推倒
索性就将多余的四肢
也藏到水里去

在淤泥里
替我,重新开出一朵花来

垂柳诗

一棵柳树
又一棵柳树,插在湖堤和暮色中

春风起时
这一颗颗死人的头颅
必将乱发披挂,开口说话

湖里的天空

在艾溪湖漫步
一圈,要花两个小时
湿地上的草树
比去年长得茂盛一些

沿着倾斜的地面,一路长下去
就到了水里
它们在水底静止,然后托起
另一个天空

所谓幻境
所谓隐秘的事物,不在湖的低处
就在湖里的天空
那里,同样有一个我
在打着瞌睡

同样有一个佛陀
端坐在不可企及的云朵背后

野鸭子之歌

我想写写一群野鸭子
黄昏,它们在湖心岛周边的水域
再次出现

灰色的,白色的
那些快乐的野鸭子,那些在光影中
跳动的一个个斑点

它们和寂静的湖
构成这个秋天,最后的画面

多想与一群野鸭子
交换双足和羽毛,在草木人间
同你,重新游一回泳

暮色四合,月光照着我归去
有风吹过耳廓而不言

放风筝的人

春风让人湿润,柳树抽叶
甲壳虫的皮壳光亮,沁入
更多的水分

可是春风
打开了一个人身体的漏洞
漏洞里的天空
湖水向上暗涨,有人
想坐着风筝飞翔

接下来
是多么诡异的一幕——
他先是丢下双手、双脚

随后
丢下躯干和头颅
当湖水继续向上
他终于在春风中丢完了自己

湖边的草地
一只甲壳虫,遗留下一副
空空的蜕壳

落日

女贞和红叶石楠,修剪得
水面一般整齐
妇人牵着狗,换一个角度
是狗牵着妇人,草地上绕着圈

眼前活物
各有度过余年的方式
我已过中年,是否该避开人群
到湿地公园的一角
对着影子,打打太极

或者,不发一言
只将孤悬的落日,和未完成的诗篇
一并交还给湖水

风吹断树枝

风吹断树枝
落在那个漫游者的身上
他的耳朵在响
恍惚有骨节,敲在潮湿的地面

风中树枝跌落
夜里遽然而醒,终归
是难免的事
可是他的身体,又开始在疼

风吹断树枝
人间事
自有未解的生死劫

他的身体在疼。沿一条虚线
他继续不紧不慢地走着

夜色一种

众鸟归林
对岸灯火次第亮起的时候
小径阴凉,空空无人的时候

我想在这一湖清水旁
坐下来

让内心的钟表
回到静止
让指针,悬在时间的虚处

让湖上的翩翩青衣
卸下妆颜。互视的一刻
我们有相同的倦怠

和圻子谈起故乡

故乡的山岭、树木、河流
是实的
故乡是虚的

故乡的狗、牛、蚯蚓和蟋蟀
是实的
故乡是虚的

在故乡
那些在村庄、田野和集镇上
走动的人，是实的
他们的背影是虚的

像被风吹散的炊烟，越来越淡
直至消失

秋天之物：致布衣

我想给你一滴露水，喂养
藏在你身体里的蝉
秋天结束以前，继续反复练习
鸣叫。我想给你一场奔跑
细雨中的奔跑，风吹动雨水
顺着你的脸颊和瘦瘠肋骨，融入
脚下的泥土。我想给你一个修辞
在南方的丘陵和河流之间
它潜伏如一只不知名的小兽
当月亮登临山顶，它和你在清光下
现形，构成一首孤独的诗
或者，我索性给你一种孤独
以及孤独中的空旷
和宁静。这是最好的秋天之物
时至今日，我还未真正拥有

枯山水

我写过枯荷,那是荷花
和莲蓬的骨殖
遗落于九月之末
你说:"那是无序中的秩序。"

曾经,我还把一枝枯荷
移到宣纸上
担心它孤单,我添上清水
更远处,画上隐约的山峦

九月之末,眼前
便出现了一幅枯山水
你无须冥想,就能看见

乌有之物

描述一种乌有之物
是困难的事。你不知它隐身何处
不知它的形状、颜色
如果寻找,不知该往哪里走
如果放弃,在某个夜晚
某一个梦里
也许它又会意外跑出来
有那么一刻,你看见了它
困难的是,你依然不知
它的形状、颜色
"我是不是真的看见了?"
不知道,多年以来
没有人知道。那是一种乌有之物
我唯一知道的是
即使偶然看见,也无法抓住

雨水辞

我见多了雨水中的别离
公交车站,长途汽车站,南昌西站
他们在拥抱,挥手
有的躲在阴暗处,默默哭泣
作为一个局外人,我习惯
不为那些无声的情节所动
但是——不可避免
有时也会身陷局中
而更多的别离,我没有看见
比如,某个紧闭的房间
桌上蒙积的灰尘,再没有
亮起过的一盏灯
窗外,深秋的雨水又在洒落
淅淅沥沥的雨水,从来不管
人间的聚散,也从不放过夜色的
每个角落

月光很白

月光白得像纸
再白一些,像纸上的灰
像灰里浮出的
一张脸

月光白得像一张脸

那轮廓
比去年模糊
风一碰,就散

埋骨之地

月亮,什么时候
又飘浮在远处的山顶

月光落到渡口
照见了不语的垂柳

月光落到丘陵
照见了四散的村落

月光
静静落在人间

照见我的影子
还有我的埋骨之地

青山书

山中,有数不清的树
有被遗弃的大大小小的石头
有溪涧哗哗
发出永不休止的声响

还有
我见到的一只飞禽,或一只走兽
它停下饮水时
那神一样转动的眼珠

岁末之诗

如果是悬而未决的问题
就让它继续悬着
例如,垂落的夕光、隐去的残月
夜色下孤独转身的大海
例如,一个人的生,或者死
以及生和死之间,那更多的
难以言述的病老苦厄
它们无一例外地自动呈现
然后自动消逝,从来不需要
什么答案

日记

——风起了
——风不知起于何处
——风没有内容
——风只往一个方向吹
——风越来越冷,越来越锋利
——风再次洗劫了我的骨头

——不要有任何企图
风,只能自己归于静止

星空

你说起星空时,我正踏进地铁
和一群不相识的人
肩挨着肩,面面相觑
你说起星空时,我正走在
北京东路,或高新大道上
暮晚将至,一张张游动的面孔
浮现出灰暗无声的底色
你说起星空时,星空就在
我的头上。一颗一颗的星星
在无法抵达的空中燃烧
给你和我,增加了一些谈论的
话题。当你说起星空时
路灯已经亮起,照出地面上
一摊浑浊、模糊的水渍

一棵树

一棵树会老,身体
会长满节疤
脚上露出盘曲的虬根
一棵树,还会死
或者孤独地死在山野
或者隐姓埋名,变成
桌子、椅子、柜子的模样
和我一起,不动声色地
活过余生

青苔记

六楼的露天阳台
前年种的三角梅和桂花开了
去年种的蔷薇也开了
今年
该再种点什么好呢

窗外的雨水,不操心这样的事
滴滴答答地
顺着屋檐落下
屋檐下,有青苔贴地而长
一小丛,又一小丛

在露台抽烟的人

夜晚,在露台抽烟的人
手中的烟头,或明或暗
映不出他的脸,他的
舒展或暗自皱起的眉头
夜晚的露台,盆里的植物
收藏了剩余的呼吸
沉默的水泥栏杆,收藏了
远处的灯光。在露台抽烟的人
靠在栏杆上,像一截
孤独的木头
他低头,看见的是更深的
黑;如果抬头
可以看见比手指间的光点
更亮的星星

穿行

透过玻璃窗望过去
千米之外,就是庞大的
南昌西站,紧邻的汽车客运站
以及隐藏的地铁站
每天,多少人的出发
抵达,或者中途的辗转
悄无声息,都发生在
我的眼皮底下
我为无端拥有的神之视角
一瞬地惶恐,又对自己
每天早晚穿行其间的
镜头,倍感恍惚

孤独书

孤独时，就走走路
想想自己，是在一个旋转的
星球上走，是在头顶之上
永无止境的穹宇一壁走
我的孤独就会缩小
一直缩小
如同针尖上的沙粒

骷髅记

在皮囊上文身,不如
在骨头里雕花

对于在人间行走的
任何一副躯体
风、流水,以及楼顶的月光
都有着天赐的技艺

远比我们,更懂得
镂空之美

草木诗

有人说:
树犹如此。所以
草木懂得肉身的消磨
和残缺

有人说:
人非草木。真相是
我们不知草木的悲喜

湖边的一棵
垂柳,荡出水面上的
几圈波纹

去年的枯草转青
漫过湖堤
掩去人间走过的影迹

黄昏

在艾溪湖公园
芦苇和茅草隔开的角落
我见到一个女人
在小声地啜泣
她坐在石头上
一只手扶着头,另一只
垂向脚跟,好像
紧紧攥着什么
她比我年轻,还是
一样的中年岁数
远远的,我看不清
只是听见间断的声音
被低低压着,传过来
而后,落入更低的湖面

草里的名字

草没有脚,但会直起身子
越过池塘和围墙
走上你家门口的台阶
草没有耳朵,但能听见
虫蚁爬行的声音
屋梁朽腐,土墙剥落的
声音。草没有嘴
但会在你默默转身的时候
喊你的名字——
你的,藏在土里的
另一个名字,被草的湿气
偷偷含着
恍如人间遗漏的孤儿

鸟飞走了

鸟飞走了,带走了
地上的草籽,留下啾啾的
叫声
我们不能确定,这是不是
昨天见到的那只
还是在前天见到的
它们在地面逡巡、扑腾的
样子,何其相似
啾啾——冬日的阳光下
一只鸟飞走了,划出
一道灰黑的弧线
我们不能确定,它是落到了
一棵树、另一块地
还是死在头顶的天空
我们有太多悬疑,而所有的
悬疑,或许都不需要
所谓的解答

晚年之诗

我没有忘记你,但
已逐渐模糊了你的样子
你瘦削的脸颊、稀疏长眉
你略微弯曲的脊背
被又一个冬天拉远,连同
你的咳嗽、你夜晚的走动和
转侧。时间消磨一切细节
也消磨所有的遗憾
我们都将是抓不住的影子
守着一团漆黑,并逐渐
模糊,成为其中的一部分
那时,我曾给你写下一首
晚年之诗,多年以后
恍然明白是为自己而作

丘陵上

在故乡的丘陵
覆盖父亲的那层黄土下

四年了,父亲还在
我的耳边轻轻说话

露水打湿了荒草和
我的双脚。一丛荆棘蓬

蜷缩成团
等着来年春天开花

对镜

他喜欢下雨天。笔直的雨
倾斜的雨,遮挡住尾随的视线
他喜欢一个人走,沿着
昨天的巷道,踩着水洼边界
如影子,消失在墙角
再出现时,已在更暗的那端
我熟知他的面孔,却经常
找不到他的踪迹——
请原谅,刚才出神的一刹那
我又一次跟丢了他
带着久窥而未见的秘密
他走出了这面镜子,躲藏到
某一滴雨,或某个词语的内部
如果我闭眼,那是谁在凝视
如果我缄默,那是谁在说话

屋宇

冬天的屋宇,适宜收藏行迹
阴冷的墙壁,壁上变暗的
画像,微闭之眼投下的影子
随灯火无声晃动,像缓缓
浮出的某个酣梦。如果是晚上
更冷的露水和霜,附身于瓦片
其余的,伏到地面的枯草上
掩抑的呼吸,偶尔会顺着
墙根向上、向下,将我的梦境
反复惊醒。而屋宇上的瓦
还在熟睡,低处的草躲进根部
在冬天,它们与另一个我
再次陷于寂灭和轮回——
连绵的屋宇之下,季节在循环
当时光破碎、交叠,面孔也
穿梭着变老,愈加阴暗而模糊
屋宇之上,遥远、隐秘的星宿
仍闪着微光。我曾无数次凝视
但肉身扯着我,始终未越过
那道黝黑的屋脊

天空

没有人知道自己
什么时候离开,什么时候
停下晃动的钟摆
四年前,我的父亲
带着不为人所知的疼痛
意外地走了
这个微瘦寡语的老人
从未做过坏事,个个都说
他能活到一百岁
我却未能与他说上最后
一番话
世事总是如此
窗外的天空,总有云朵
在上面飘荡
有时向东,有时向西
我不知道风下一刻
会往哪个方向吹
只知所有的云朵,都由
看不见的水凝成

水里的月亮

这一潭的水,由光影构成
水中的石岩、树木
与另一世界的镜像对应呈现
不免让人着迷
我知道,它是虚幻的
一伸手就会摇晃,消失
而恍惚之间,又在水面上
缓慢成形
这须臾的过程,耗尽了
我冥想的身世
却见证着一颗月亮的孕育
看——水里的月亮
朔日弯弯,到望夜
终成静止的一轮。当我和它
漂浮在另一世界
我愿意把又一回的过往
认作此生

秋游记

御清风,登峰顶
看脚下层峦叠嶂,赣水绕廓蜿蜒
恰是江山如画

两里外的山坳处,挑出
勾檐的一角
那是座荒颓多年的小庙

里边,不知何时
多出一个,同我面目相仿的游僧

鹤鸣记

在枯败的莲塘,一片浅水中
有一群白鹤
优雅地游动,伫立

一只,两只,三只
那是神的孩子
和人间,偶然打了个照面

咯咯,咯咯——
整个晚上,不眠的耳内
总回旋着一种声音

杂糅在
隐约的,我五十岁的风声里

为五十岁而作

所谓年过半百
所谓知天命,不过是蜗壳里捉迷藏
或者于重复的日常里
寻一条不曾存在过的草径
近一个月前
孙儿如期临世,他的小胳膊小腿
小嘴巴小眼睛
柔软地捧在我的手上
我经历的,难免被再次经历
还未说出的,是否
也会经由他说出

静物记

这是静止的桌子、椅子
这是静止的杯子、瓶子、罐子
我注视它们的时候,是不是
有谁也在注视着我
看我将盔卸下,任薄薄的一层灰
落在这具同样静止的皿上

暮色中

请保持沉默
保持对一座山脉、一条河流、一片旷野
的沉默

五十载过去
该说的已经说出
剩余的,用以供养手心的这盏烛火

鸟鸣

偶然看到一个人的近照,我惊讶于
他突然的瘦
那缩水的皮肤、凸显的颧骨
几乎不是同一个人
是三年不见,还是五年
这些年发生了什么,又经历了什么
局外人并不知晓
而对镜时
我也常常认不出自己。窗外
有鸟在鸣叫
不同的鸟,叫声总不一样
同样的鸟
它的叽啾之音,亦仿佛异于昨日

寿量寺忆

多久没去过寿量寺了
数一数
至少是十八年。赣州的朋友说:
寺庙还在,没什么变化
只是住持换了好几个
问起那个和我有过几番交谈的释瑞印
已去了马祖岩的宝兴禅寺
方外之人
也须腾挪自己的肉身
从此处到别处,蒲团还是蒲团
青山还是青山
如某日再度相见,我们或
已认不出彼此

浮世

河面浑浊,飘摇着一只
小小的舟子
我模仿那人眉目,顺着微风和流水
漂至下游的宽阔处
我察觉他的身子是轻的
看不见的骨头,是老的
河水向前(或于某日循环回转?)
那人,手中的长篙放下
又抬起。我的眼里浮出的
是一张隐约的脸

我们

我们走着走着
就散了

像断线的菩提子,一颗接一颗
滚落在地

去到
各自该去的角落

行程

列车开走了,带走了
一群人
明天的同一时刻
它还会停在此处
把又一群人
送往远方

这周而复始的过程
我不是见证者。唯有的一次
短暂参与
已耗尽我的一生

遇见

十年前遇见的人
有的进了牢狱,有的成为
一把骨灰
有的几经辗转,隐匿
闹市,或苍茫的四野之间

将时光拉得更远一些
二十年,三十年
直到五十年——那时
我是一个初生的婴孩

小小的松山下村,只有一只
无声晃动的灯盏

一枚钉子

一枚钉子钉在墙上
直立的壁面,愈显陡峭
而一小段灯光
被截留下来,化为不可触摸的
阴影。一枚钉子
钉进木板,钉进竹片
那些事物被继续挤压
在更深处,一定藏有某个
小小的缝隙
很多年以前,有一枚钉子
钉进我的肋骨——
一锤一锤,一点一点地楔入
很多年以来
疼痛在缓慢中消失
消失的,还有那枚钉子
它安静地睡着,如同
与生俱来的一部分

在去年的星光下

去年的星光下,我们在做着
或者交谈着什么?
在去年、前年,或者更久以前的星光下
我们是否知道
今夜的屋顶,那几颗隐约的
寥落的星星,那几粒遥远的
和我们无关的尘埃
会划过沉默的脸廓,双肩
落下来

致辞一

多不容易啊,我们无病无灾
一起走到了这五十岁

秋风每折返一次
人间的颜色,便加深一层

当我们转身,低头
通往起始的路不见人影,而雾霭
再次弥漫开来——

多不容易啊,我和你走到
这一个分水岭,舍弃琐碎和孤独
只抱紧剩余的侥幸

致辞二

我教给你一种隐身术
隐匿言语、表情,和不可述说的
命运

我还要教给你一种逃遁术
避开某日的水火,或意外的疫病

想做的事总是太多
能做的已越来越少

甚至,一切只是为了等待
那一天的到来

我要教给你的,是一句话——
没有谁
可以阻挡那一天的到来

致辞三

在旋转的星球上
这厢愈黑,另一壁必会更白

在孤单的,旋转的星球上
这厢
我所说的

必会
被另一壁,哪一个你听见

寻猫记

二单元三楼
那个老奶奶的猫不见了
花圃边,围墙下,地下车库
她一遍遍地找

"你见到过我的猫吗?"
遇到一个人
她就焦急地问。她的眼睛
紧紧盯着你的眼睛

一年前,那套房子里
换成了一对
年轻夫妻。他们并不知道
这里走失过一只猫

我在小区散步
黄昏的光线,如常落在身上
耳边隐约有个声音:
"你见到过我的猫吗?"

秋雨

下过一场秋雨
露台上的丝瓜叶子
蔫了

熬过了一个月的旱情
熬过了虫子的噬咬

却没熬过
这一场细雨

细雨里
如期而来的律令

送秋风

两个许久未见的老友
相聚,地点不在小酒馆
或咖啡店,在城西侧的
佑民寺。"要的是那点清静"
两个年过五十的男人
不信佛,不见僧
他们坐在小亭里,送秋风
而忘语,那画面莫非
是一种禅境的模拟
半个下午,云在天空飘着
断续的话语,与市声
只隔一面墙壁
加一小块空地的距离
当两副臃肿的躯体,一同
起身,半开的寺门
重新闭合。城池车水马龙
并未有新事发生

辑三 | 莽苍集

莽苍集

1

劳身者行于道,瘀青的脚痕
被大片荒草淹没

劳心者行于道
他的影子,在倾斜的光线下弯曲、消逝

作为死去的人,我躲在土里翻书
册页转换,山河合闭又缓缓打开

我看到无数的、异样的我
步履恍惚,行于莽苍的道上

2

群山静默,为气流所赋形
当雾霭于岩岭沟壑间缕缕生出
混沌中,我见到的
是天空的一层缥缈倒影

从南山开始
向西,向北,向东,一直到冥想的

中心。我的羽衣被山精觊觎
一片片脱落,跌于谷底

招瑶之山,始终静默在
古经注的源头。山中
有兽伏行人走
有木,其华四照,佩之不迷

3

据考,招瑶之山
为广西猫儿山,坐落于兴安县城
五十五公里之外

三千年过去,那水
还在石缝中淌出。到山外
分成两支,浩浩汤汤

一为资江,一为漓江
水面起雾
几只灵兽的影子在隐约飘荡

4

啪的一声,南山之上
鸪鸟的足趾
踩断了一根枯死多年的小枝

南山的水
跌跌撞撞，最终汇成幽深的南海
沿途，村邑一次次焚毁
寥无人迹

那一年，我在南海的浅滩上
漫步
听见了鹈鸟的哀叫

那是羞愧的丹朱，将海的冰凉
覆于自己身上

5

大衍之数五十，其用四十有九
余下的一

或匿于山野
为桐木，为天葵，为爬虫走兽

或喧嚣于闹市
为乞者，为吹笛人，为穿黑衣的
卖鱼汉子，为眼目
偶感晕眩的我

6

北冥有鱼,不知其几千里
清风的野马跃过山川,将青天和我
负于背脊,一路向南

而芥草浮在积水之中
这一片汪洋,在镜里不断扩大、缩小
我的面孔,也不断改变模样

庄子庄子,我的肚子饿了
今晚的餐桌上是否有鱼

我热爱吃鱼的你,甚于热爱纸上
画鱼的你

7

北冥有鱼。那鱼
吞食了钩上的蚯蚓,被一根白线

轻轻一扯
到了谁的桶中

庄子庄子
今夜,你会在谁的梦里做梦

8

在上古的岩画里,月亮是一只
空空的碗

碗里,盛过葳蕤草木
也收纳了亘古绵延不绝的荒凉

抬头望月的人,是个瞎子
上古的岩画里,我们相对而坐
互为映像

9

哲学有损睡眠
天文学,破坏了诗人的酣梦

头顶的月亮,没有嫦娥、玉兔和桂树
这该是
一桩多么荒诞的事

月亮不管
只将成吨的清光,哗哗撒在地上

10

诗是无用的。地壳始终在

移动,板块与板块之间
持续摩擦。岩浆涌出海面
是不是地渊的暗火

诗无法表述已经发生、正在发生
和即将发生的一切
宗教呢

宗教是自闭的循环
是我有难,我不言

11

粤北。南华寺的僧众踩着露水
开始晚课
微微开合的嘴巴,随烛火一同晃动

在赣东,龙虎山的道人
掌心现出符纸,将蹿至胸口的那声虎吼
一把摁住

众多的尼姑庵,散落在不起眼的民间
蒲团上,有烟火气
有蛛网和五谷的灰

12

而儒牛在厢房里探头。他看了看天色
叹口气,把头缩了回去

他耗墨写下的经纶,已成故纸
我徒留半身的风骨,一无所用

13

爬山过祟,去滴水寺进香的妇人
接连三夜梦见一条蛇,蜷缩着身子
雨水中瑟瑟发抖

滴水寺的僧人不解梦。山水遥迢
荒路蜿蜒,妇人高一脚低一脚走着
离家还有三里,她坐在石头上

天要黑了。她没留意到脚边的
不远处,有一团新蜕的蛇衣,盘着

14

桥洞里
那人坐在小马夹上,继续夜钓

那鱼,自柢山之麓跳出

冬死而夏生。它与泥沙混糅在一起
一年一番面目

三千岁了
它的尾翼,反复撞打着小桶的
薄壁

它的嘴里
一遍遍发出婴儿的啼咛

15

那时的山和海,连接至星辰以外
那时的神,长得都像精怪

那时的人,给山川、河流以及草木虫兽
逐一命名
他们的奔跑,比雷电更快

一架云梯,空空竖于
山与海的另一端
我一次次攀爬,一次次滚落下来

16

周天子的婚床上端,悬挂着一轮
昏黄月亮

环绕城池的河流
连接着广袤乡野。御辇扦起了风
将云幕无声扯开

昆仑之上,西王母的瑶池
溅起了一朵水花

时光回旋
我把那月亮的光晕,命为脐状

17

我去过灯火煌煌的西安
火车穿越秦岭,跨过滋水、渭河、泾河
田畴村落和地下的皇陵白骨,抛在
身后

我去过开封的黄河古道
流沙堆砌起高楼
人群一如流沙,无声息地滑动

我还去过兰州与敦煌
炎黄的眼珠,转到河西走廊最西端
传说中的飞天,正在壁上孤独跳舞

18

春风中有秩序
虎皮上坐着的黄帝打着瞌睡。春风中
有人把秩序打翻

牧民者陨于四野
滴水的屋檐下,一条生锈的铁链
哗啦作响

獬豸的独角,探出釜山
它的身子幻化为青鼎的符文,比水柔软

19

禹足下的水,流过龙门、吕梁、底柱
流过荆山与巫峡
北方之水和南方之水,由高处垂向低处

那是孔夫子回渡蓼河的水,是屈大夫
一把抱在怀里的水
是青莲居士散发踏过的水

是一遭遭衣冠南渡的水
橹桨的残骸四散,漂洗得愈白

是公元2022年初春,隔着薄草和

浅滩,我看见的
一个不知名的村落旁轻轻拐弯的水

20

我说的寥廓,在脆薄、发黄的
纸页里。字越来越淡,词语逐渐虚化
背景转换成不可触摸的空白

我说的寥廓
在一粒灰尘,或者一滴水的内部
从这一壁到那一壁
横亘着无法逾越的距离

冥想者摸索着暗处的开关
灵魂突然跑出窍穴,而躯体笔直
锁死在原地

21

大海的波涛里,藏有失传的牵星术
幽灵的船队游弋于水底
重启的密语,无法阻止瓷器和珠宝黯然失色

大海的深处是静谧的,如同
泥土的深处。我曾在泥土中挖出过器皿
和骨殖

那一刻,深渊正在与我对视

幽灵的航行永无尽期
头顶之上,星空在旋涡中缓缓远逝

22

旷野上走来两个人
左边的一团漆黑,右边的一脸发白

影子盖着影子,脚印堆着脚印
无人的旷野上,传来鸪鸟短促的叫声

黑与白交错
一片莽苍,是玄土渗在人间的底色

我的魂和魄,丢在那颗种子里了
遇水即发芽

遇风
则被重新收割一茬

23

画师坐在岸边的石头上
一番番调试墨色

羸瘦的伐木者,滚木下山
千里江山图中的青绿,遮隐着黎民的脸

骨头里长出朵朵荆蓬
忧郁的史官,囚闭于王室幽深的一壁

纸帛空白,无数墨字在喊:
渴啊

24

颂《九辩》以祭日月云雨
舞《九歌》以献稼穑社稷
引《九招》以敬列祖先妣

谁在眷顾着四方生息
谁将此遥遥天乐,苦心地传到黎民梦中

25

春社日,赣水边。一个人口逐年减少的
村庄
一场简化的傩舞表演

鼓乐击打着大地
戴上面具的人,变幻着神的动作
他们有一颗土做的心

更多的时候,他们黄脸朝天
手中的泥碗,盛着清水和历年歉收的稻粒

26

旧的水
总要汇入新的水

水是活的
但每一条道路,最终通向的都是死亡

想起这些
我的心脏就会收缩,像被无形之手攥紧

27

武夷山麓的深谷,悬挂着藤萝、葛蔓
幽暗处,一个个脚趾
趴在潮湿的壁沿

神之视角
转回起首的招瑶之山
更深的沟壑里,生长着各种
我所不知的药物
有草名祝余,其状如韭

人食之
而不饥,可避中原乱世

28

饥饱只是一梦
一觉醒来,山河的颜色已改

着素衣的未亡人
推开了木窗。春风中
她的肚子微微隆起,端坐成谜

29

王朝的最后一个采风官,老于乡野
木铎声悄然消失
洛阳宫里的男子,双手叠放在孤独的膝上

伊水清清,瀍水静静
官道上
杨柳低垂,走过避乱的匆匆车马

当礼乐再次打断,洛阳宫里的男子
坐于镜中
他的背影,没入虚空的四壁

30

斫木为琴
空空的木头,有十万鸟兽哀号
有亡灵的嘤咛声

最细的弦,一端吟游于八荒之地
一端
悬着生民往来之命

呦呦鹿鸣
食野之苹

四海定,诸事毕。空空的木头
明天会遗于王的哪一张案几

31

淘尽鄱阳湖、洞庭湖、太湖之水
露出的,同是污黑的泥

从前的月亮,依旧挂在天上
所谓节令
不过是气息的混沌,在人间又一次轮回

螺蛳的空壳,埋于淤土深处
壳内有汉,也有魏晋

32

时空翻转时
悬圃的花又开过一遍

披着云朵,我在弧形的天空踱步
朝晨向西,暮晚向东
漏过的细沙,不知觉地回到手中

所谓静止
只是刹那之间的流逝

33

玄丹山上,五色之鸟循着律令
从四方聚集

代代相传的故事,自流亡开始
也到流亡结束
神秘的玉玺几经辗转,已还原为荆山的
一块璞石

你讲述的是史,我做的是梦
梦的布景,由荒草铺成

34

有云：天下名山五千三百七十
而江河湖泊，所载不可计数

万物各有其秘
我所见的，未必是我所知的
我未见的，未必是幻境中虚有的

万物各具异形
或夭或寿
我的疑惑，久远以前已有人替我道出

35

有云：六合之间，四海之内
唯圣人能通其道

作为死去的人，我重新躲回土里翻书
此土，是熟土也是生土

而头顶的日月星辰不可说
遮覆在我身上的一派莽苍，不可说

人间事
遗佚于空白处，待后来者捡拾

堪舆师之诗

1

在古籍里,他是一个泛黄的
词汇,夜静处
却映出月亮的微光

微光中,他的行迹
隐于山川。衣衫模糊

而面目
尤不可知

2

少年时光,我
曾在村头的大樟树下
见过他

一群人围着
在村子前后转悠。他说:
坐北朝南
他说:前朱雀后玄武

他是我的一个远房堂叔
不爱农事,好远游
十年后,他于不可知处

归来。他说的话
我一句未懂

3

但是,须知山河多崎岖
万物的秩序间
自有秘数

不惑之年已过
我依旧未懂

只因我
一直身陷其中

4

每个人的心里,都坐着
一个堪舆师

作为一个神秘主义者
他身体的罗盘里
藏着隐约的星辰

藏着山脉、河流的走向
藏着子丑寅卯,甲乙丙丁
藏着金木水火土和伏羲八卦

作为一个完美主义者
他的一生
都在路上

即使做梦时
或许,也不曾终止
对明日的推演

5

山川有星宿之形
我有不解之心
一度沉迷于
阴阳之间的无声交谈

而长江以南,哪一处丘陵
没有过村庄
哪一个村庄的丘陵地
没有隐埋过
先人的骨殖

风吹过
生地成了死地

水流过
死地成了生地

6

邻县三寮村,据传
唐末时,救贫先生住过

于是
他们怀揣着
世代相传之术,从故乡的
风水出发,足迹
踩遍长江南北

天地之密,由他们的口中
道出

唯独对自己
至老一无所察

7

老家的土坯房推倒后
父亲站在瓦砾上

父亲说:
新建的房子,要顺着老地基

我的父亲，今年
已是八十一岁
他耳有点背，但眼不花

年轻时，他做过泥水匠
结交过走江湖的人
他略通风水
他一字不识

8

但是，须知万物的秩序间
自有秘数。堪舆
不仅是生的学问

暮晚时刻
我在某座墓地边走过

我的耳边
总有一只罗盘，吱吱转响

9

在古籍里，他是一个泛黄的
词语。在轮回中
他是一个秘密的囚徒

形与势，动与静
阴与阳，有与无
最好的居身
和葬身之地，永远在别处

窗外
春风不语
只管在人间翻书

10

清明将至，我的远房堂叔
又回到村子

他说：
祖父祖母的坟穴
浸了水，老人的身子全湿的
"你们梦见了没有？"

忆起有一夜
那隐约的影子，我被突然的
惧怕，一把攥住

择吉日，整葺好坟穴
远房堂叔
又离开了村子

我老记不清
那，是哪一年的事

11

关于我的远方堂叔
此处
再补述几笔

其幼时
家贫，少有饱时
不知遇何人，习堪舆术若干
后周游四方

晚年返乡，颇窘迫
花甲未满而终
因其终身未娶，被族人
草草葬于后山之地

未知生
焉知死
也许，正如是

12

所谓堪高舆低

不过是
风水轮流转

万千星宿，在头顶高悬
长江以南的丘陵间
自有灯火闪烁对应

未知近
焉知远
也许，正如是

13

而他的衣衫和
面目模糊。他还在路上
走着

在风和水的
流动中，他是变幻的山川
沟壑

是城池、屋宇、门户
是某个
不可求证的谶语

是某个
徒劳的愿望

14

有一日
梦中的乡间小路上
和他再次相遇

问他,因何来
他不应
问我,为何去
我答不出

罗盘
吱吱地响——

一觉醒来
春风已不在耳畔
春风
不知在何处的人间翻书

桃花七杀

1

那人走上土丘时,我看到他
眼里的风
他转过身
顺手拉紧了衣襟

通过他的眼,我看到了
桃花落地。
我看到他从另一侧下了土丘

2

头一日,我在院墙外看到他
院墙之内
房东翻晒着被褥

其实我看到的是他的影子
我踱出木门,他已跨过了墙角

房东拍拍被褥上的灰尘
说:那人,去年我在桃花庵好像见过

3

此处到桃花庵,约有七里
桃花庵里无桃花,只有一个
瞧不出年岁的尼姑

晨和昏
蒲团和油灯。尼姑默念着经文
我想,
她手上敲的木鱼,该是桃木做的

4

我试图在纸上
画一个走下土丘的青衣行客
(可我画不出他的脸)
我在白纸上,画一朵桃花
(可是我不用红的颜色)

那是一点瘀青
恰和我身上的某个胎记,暗合

5

第五日
我喝清水,继续坚持着素食

夜晚，我观着星象
等待两天之后
上路，到桃花庵上香

6

窗下的草丛里，什么在叫着轮回
我的袖角
被一滴露水打湿

桃花的身子藏在土里
我的身子，藏在薄薄的春衫里

7

手指数到了七
我如期起床，扫地，净手
将这首桃花诗写完

桃花庵在七里之外
桃花，开在我所不知道的那处枝头

悟空传

1 花果山

我在那一颗顽石内部孕育
和等待成形时,我在哪里
我光着身子,在峭壁和枝丫上
攀爬、行走时,我在哪里

天地交合,群物皆生——
我于故事的开头独坐,于溪涧
转折处藏身。当天造地设的
洞天化为居所,我又在哪里

东胜神洲,有一片波涛
摇啊摇。逍遥的日子
在水里也在山上,那时
我不叫悟空,你也不是和尚

可是,当我历尽尘劫
自众口相传的西天归来
当我坐在菩提树下,那一刻
我在哪里

2　蟠桃会

我喜欢躲在桃子里边
瞌睡。无事可做的时候
我喜欢做一只虫子
躲在你看不见的章节里

凡间,多的是这样的障眼法
一只虫子,钻出了
我的耳朵,试图变成
和我一般的模样

我无所谓。我是一只
没心没肺的猴子
天上的事,重不过我拔下的
几根毫毛

我变成我的模样,躲进桃子
吃桃子,也喝你
未喝过的美酒。远处
笙歌响起,菩萨们开始聚会

3　八卦炉

火在烧——
谁能跳出因果,将天地间的
熔炉打破

火在烧——
他是你眼里的妖
是待修炼的一枚正果
是未熬成的一味丹药

五行山下,他食铁丸,饮铜汁
日落之前
他在你必经的路上
挠头揖手,等你走过

4　盂兰会

夜晚的月色真好。孟秋望日
同诸佛、菩萨金刚、比丘僧尼
坐定——看
这盆中的奇花异果真好

月色下
那取经人的事宜,已于
合掌间设定
此后,我所有的跋山涉水
同样未脱过你的掌心

此后,我还是不是
那一只猴子
我在四处转圈时,我在哪里

5　白骨精

月光照在白虎岭上
山林间,有薄雾暗自涌起
像变幻的裙裾,漫过你的
足踝,继而缓慢上升
落入你的眼瞳,和清瘦锁骨

我等到了我的宿命,而你
年复一年,等到的
是谁写下的青葱梦魇
芳华只在刹那之间
夫人——
月光下,且让我为你一叹

世间没有无形之妖
而我的眼里,只有
漂游的水泡。它在月光下浮现
不是预示存在,而是
为了幻灭

那一世,你从土里
偷偷钻出,遇风而长的
是依稀的脸颜
那一年,你和我擦肩而过
随即化作一道轻烟

6　紧箍咒

我再一次头痛欲裂的时候
我在哪里

西去之路迢迢，每一条山岭、沟壑
每一座燃灯的楼殿、荒弃的庙宇
都藏着要吃肉长生的妖
一不小心，我又看破了他们
——师父，师父
我的头痛症是不是又要犯了

我要打杀的妖怪
是白骨化的，虫豕变的，枯木生的
五百年过去，他们同我一般
说人话，行人事
举起金箍棒，我不能
饶过他们，如同暗处的神灵
不曾将我饶过

我要打杀的妖怪
是菩萨家里养的。有时他是
添香的童子，是听经的青牛
有时，只是某一个滋长的妄念
五百年过去，我还是斗不过
他们回到了菩萨身边，而我还是
那只问路的猴子

可是
小白马是不是妖怪
二师弟、三师弟是不是妖怪
天上的玉帝、水里的龙王
地府的阎罗,是不是妖怪
我,是不是妖怪

——师父师父
我的头痛症又要犯了
再一次头痛欲裂的时候
我会在哪里

7　如来偈

唤声悟空
镜里你终究是个不化的顽魔

纵使成佛
你念念不忘的肉身依然易腐

8　土地公

每一处山川、田畴、村庄
都住着不发一言的神祇
最小的那个
睡在地底深处。掩住黑暗的

动静，方圆之内
传来一声谁的太息

而道路崎岖，我还要
在你的地盘走着
八百里黄风岭、荆棘岭、狮驼岭
八百里通天河、流沙河
眼前茫茫一片。你递给我的
是第几个不祥的消息

我的身子，要掉到地里了
我囫囵的身子
越来越小，越来越暗
就要掉到你挖的洞里去了

"不过是个
毛脸雷公嘴的和尚。"
落地的一刻
我听见有个声音，在门槛外
轻轻响起

9　六耳猴

向西，向西
一条辗转循环的路
我们结伴走着

作为先天的分裂症患者
我的身体是你的皮囊
而脑子,不一定是你的脑子
有时候,我的正面
是你的反面,或颠倒过来
——其实
我活在你的阴影里

我们说着同样的话
倘若做梦,你遇见的
是否也是那个取经的故事
这样的煎熬永无尽期
善与恶,喜与憎,是与非
此路迢迢,不知会
跳出多少个你,或者我

一个你,被打死了
转瞬间,我又翻身起来
我们继续结伴走着
天上的菩萨看见了
像从前一样,他不说破

10　牛夫人

芭蕉洞里的岁月,一日
比一日悠长。她嫁的汉子
曾是我结义的弟兄

没奈何，今日遇上了她
叫声嫂嫂，饮一杯酒
将前番的恩怨一并了账

山水转圜，来到了
这曲折的一段。她的扇子
息不去八百里的焰火
我蹬倒的丹炉，最后
还得由我收拾——
其中的因果，当初哪里知道

都说门槛之外好修身
老孙去也，嫂嫂
把这柄小扇子还你
千万年后
须记得，你我仍是局里人

11　抓风术

风没有脚
却在迅疾地奔跑
风没有手，但给眼前的山川
赋形。风吹过身边的
时候，他一把将它抓住

他曾经闻到貂鼠的味道
腐骨的味道、檀香的味道

他闻到一伙人躲在屋里
密谋的味道
不可避免的是,这一次
他依然没有逃过

他等到了自己的宿命
而编故事的人,真相大白时
才会现身
他抓住了风,却不知
天地之间,何处藏着
无形的遁术

烟火捻熄,又燃起
头上三尺,滚过一阵阵雷声

12　小西天

那一只小猴子
晃悠悠,上到小西天

"……都是假的。"
它,只是须弥世界中的一个

小小的芥子,聚若恒河
怎么数,也数不完

13　雷音寺

"而假的，就是真的……"
灵山之顶，高殿隐于松柏
青鸾起于岩下

十万八千里路程
到了此处。且将担子放下
和清风共喝一盏青茶

无底船，还在河面上浮荡
扯起你的身子
船后头，那死去的和尚
漂到了何处

我的心里
藏着一块石头
它无声无息地落入水中
不曾发出半点响动

我的身子不见了
——灵山之顶
那是谁，正在台下端坐

14　无字经

看他在古刹燃灯

看他在灵台拈花
经书不会开口,一卷卷的
册页,没有你所要的墨字

诸佛已各归其位
诸难已消弭无形
经书并不记载历经的一切
又或许,所有的从未发生

他,有没有来过
我,去到了哪里
你可以选取某一节的开头
但是无法读到最终的结尾

15 说书人

又是多少年过去
茶肆里,走来一个说书人
一口清茶饮尽
各位客官听言

我为你取下:
孙悟空,美猴王,弼马温
齐天大圣,行者
斗战胜佛
可是哪一个是你的名字

我为你传下
七十二般变化,可是
要问哪个是你
我也答不出——
此为闲故事,大家姑且一听

"盖闻天地之数,有
十二万九千六百岁为一元……"
木板拍落处
举座应无声

重卡车之夜

1

是蜷缩在一团黑里,还是奔跑在路上
这并非做选择题,而取决于对一个夜晚
或一个场景的想象。小时候
我第一次见到它,一辆半旧的"解放"牌
卡车,停在村子旁边的石阶路
泥巴沾满轮胎,又溅上车厢的外壁
四处脱落的黑漆,染出斑驳的黄
我摸摸车头铁皮,感受到一种颤动的
烫。当我试图向上攀爬时
那个穿咔叽布、嘴里叼着烟卷的司机
制止了我的动作。他是我众多堂兄中的一个
在县糖厂车队运过三年甘蔗,后来
因一场事故回到了村子。离开家乡后
我很少看到他,但路过停靠着的卡车时
常会有种摸摸爬爬的冲动

2

一辆黑暗中行驶的卡车,那两束光的
后面,密闭箱体的内部藏着什么
一筐泥土气息的菜蔬?流水线上漂出的

一堆器具?一声粗重的喘息
还是指缝间无声坠落的一段光阴?
黑暗中,发动机持续发出轰鸣
一条条国道、省道和县乡公路,于眼前
蜿蜒地铺延、交叉,又在我的脚下
发抖。一辆黑暗中行驶的卡车
重复地搬运,一如幽灵
踩着看不见的线,重复地出现、消失
它漆黑的身体内部藏着什么?
天亮了,我醒过来,睁开酸痛的眼睛
妻子说:你又做了啥梦,手脚抽动
像个落水的人在打着摆子

3

铁比土硬,比土里长出的肉和骨头硬
一堆锻造、焊接的铁,比我的命更硬
给铁加上油,零点时分
在空空无人的街道,阴暗的城乡接合部
它会撒开四蹄,同内心的欲望
来一次赛跑。可是,愉悦的事情总是
如此危险——当一个人
走向一堆疾驰的铁,他的身体
将成为一片叶子……那时,我是否还能
想起曾经的十二个愿望,以及
深埋在心底的某种悔恨

而在我此刻的叙述中,那辆漆黑的卡车还在
朝夜晚的深处疾驰。它的影子
和我记忆的某个片段重合
它发出的巨大轰鸣,我已无法听见

4

六年前,我去过甘肃
旅游大巴抵达戈壁滩上的那个关隘时
已近黄昏。修葺一新的城墙
看不出破败的痕迹;丝绸之路的重要节点
只见到四处拍照的游人
在百米外的缓丘下,我看见两辆空空的卡车
静静停靠着
秋日的余晖,落向满地砂砾
也落在它们身上——这两只
安卧的骆驼,或许正与我一起咀嚼着
千年以前的时光
入夜了,戈壁骤然变冷。披衣走出小旅馆
天上有点点寒星,地上
不见奔驰的卡车、火车,只有驼队和
马车、牛车、骡车,在星光下结伴缓行

5

但重卡车无处不在。星光流转
它的躯体不断拉长,胃口增大——星光流转

我张眼望去的事物,一天天加重
沉闷的呼吸,被摁回胸口
不可避免地,也有一些事物一天天变轻
仿佛丢失的灵魂。卡车不用思考这些
它只顾往前开,逢山开路
遇水架桥,运走我们所需要的一切
我需要的是什么?轻与重之间
得到与丧失之间,又是谁在替一个时代
做出选择?轮胎,发动机,方向盘
脸色疲惫的司机——总有一种牵引的力量
向着我所不知的远方
拐过那道弯,我看到的也许是深渊
也许是一条陌路

6

聚会上,一个头回见面的男子说:
"多年来我一直有个梦想,搭坐着卡车
走遍全国。"这个右腿先天
有点微瘸的人,花两年时间干成了此事
他站在路边,向迎面而来的卡车一次次地
挥手——它们呼啸而过,挟裹的气流
让他打了个趔趄。但总有一辆
会停下来,载着他抵达要去的那个地方
"那是一趟趟奇异的旅行"。交谈中
他没有过多地讲述看到的风景,只是告诉我
在驾驶室里,他和不同方言的司机聊天

他们面目普遍老相,有的碎碎叨叨
有的一路寡言。"如果你没有坐过卡车
你就不知道他们和卡车一样,装着
满肚子的辛酸。"

7

辛酸的事,依然在继续发生、延续
变换的只是场景和形式
烟花三月,一辆辆卡车停止了奔跑
扎堆泊在马路边、栅栏内,或者郊野的某处
空旷之地。马达轰鸣声和人声隐匿的世界
是安静的,一切滞留在原地
像一部卡带的默片电影,每个人是演员也是
躲在背后的导演。但驾驶卡车的人
静不下来,他困在途中,必须去找吃的
——至少,他要管好自己的胃
我看到他用泥砖砌起灶台,看到他在钓鱼
在捡枯枝。当火苗在卡车旁边蹿起
我看到他黑暗中的一张脸,沉默、惊慌
或许还有一点点满足。火继续燃烧
风从远方吹来,寥廓的地上多了一层灰

8

下雨了,滴滴答答的声音,顺着窗户空隙
掉进耳朵。日子一天天减少

我的睡眠一天比一天短，稍有动静
就会惊醒。我的体内，藏着一辆破旧、残损的
卡车，它的样式和小时候的那辆相似
——这么多年，它在哪些地方奔驰
最终又在哪里静止？那些磨损的轮胎
破碎的篷布，座位底下
那些暗藏着的，生满铁锈的工具
我一回回扔弃。最后要扔掉的是我自己
下雨了，雨水中疾行的卡车，要装的东西
越来越多，我能记起的却越来越少
我在纸上这样写下：重卡车之夜
此刻，一辆又一辆卡车正蹚着冰凉的雨水
走在漆黑的、循环往复的路上

十一楼

— 1

沿着向下的斜坡
一个负数,适宜隐身于
地下三米处
那里,有幽黑的一片空地

有看不见的
鼠、虫蚁,顺着壁沿
或绕立柱爬行

有趴着的汽车、摩托车的
铁壳,闪出微光
微光中
有堆积的尘埃

一个负数,隐身其中
蛰伏的喘息
暗自托起十一层的肉身

1

六年前搬过来时

见到的第一个是他

那时,他的脚
还能行走。到一楼
只需三个台阶,他的右脚
踏上去,侧过身子
将左脚拖上去

他掏出裤兜的钥匙
打开铁门
慢动作中,他的右脚
踏进门里
侧身,将左脚拖了进去

某一天起
他再没有出现
我忘记了他的样子,只记住
定格的那个慢动作

2

二楼窗户上,灯光
映出一个模糊的身影

隔着薄纱
浮出的是谁的脸
眨眼间

又隐匿不见

灯光下,还是那些摆设
橱柜、梳妆台
安静的床,搭挂的衣物

而灯光背后,更多事物
无法洞悉和抵达
比如,杯子落地的一声脆响
比如,墙壁上弹回的
一声叹息

我在楼下来回踱步
我的想象
总是局限于这方寸之地

3

从更大尺度
观察一幢楼的秘密
于广袤的世界并无意义

即使与其他的楼栋
亭子、水池、篮球场、树木
连成一个小区

或者,长到三十层

五十层

相对于无限延伸的天空
不过是蜗角的一探

石凳微凉。抬头时
有几枝花叶
伸出了三楼阳台的栏杆

4

此刻
孩子在客厅和卧室之间
来回追打，嬉闹

他对着那台电脑
抓挠着
自己越来越少的头发

此刻，厨房里
年轻的妻子提着刀
被一条鱼弄得手忙脚乱

不远的街道上
此刻的市声，透过玻璃
落在四楼的地板上

对门的老太太,此刻
抱着黑猫
像从前一样打着瞌睡

5

建筑是死的,人是活的
结果是
人终将死在活着的建筑里

而活着的人
依旧在移动。从此处到彼处
从 A 面到 B 面
有时进入某一物象内部
又从里边跑出来

我做到的
不比这幢楼里的人更多
即使将视角
再抬高一层,我同样
困守在一团阴影里

6

终于写到了第六楼
靠东的一个小小居所,迄今
我停驻了六年

这是我在这个城里的
第三个住处。而在前一个城
我像一只鼠、一只虫蚁
腾挪了五次

到处都是楼宇
有的高于丘陵和山冈
有的，低于星光下的额顶
它们沉默地伫立着

我的第六楼
再次亮起灯火。以弧形天幕
为背景，我筑好暂时的巢
将自己放了进去

7

此层无人居住
原因不详

可是，深夜
头顶上
似乎总有隐约的声响

8

又是停电的日子
逼仄的楼道里,一张张脸
上下晃动

"说了别买电梯房吧。"
女人手里牵着大的,怀里
抱着小的,埋怨着

"幸好没住得更高。"
后头,戴眼镜的男子
提着两个行李箱,一声不吭

向上,转折,向上
再转折。楼梯
随明暗不定的光影拉升

到八楼,停了下来
门"哐当"的一响,世界
陷于一瞬的寂静

9

抑郁者不宜登高
九层的高度,是否构成
他承受的极限

而他的职业
是公司职员、个体业主
还是教师,甚至医生——
一个无法
治愈自己的医生

擦肩而过,他总是
略低下头
缩着手,像担心触碰到什么

这样的触碰
从未发生。我向他点头
他已朝花草稀疏的小径
走远

越走越远
于他
我是陌生人中的一个

于我
他是众多密语里的
一句

10

早——早——

电梯从十楼下来，带着孙子
出门的老人
和我打着招呼

头回见到这个小孩
还在老人的怀里，现在
已到了我的腋下
提着塑料袋的老人，更老了

我没有见过
他家里的其他人
也未留意楼里，藏着
怎样的故事，只是听到：
早——

早——阳光
落在月光昨夜照过的
角落。每个角落
都有不一样的人间烟火

11

住在顶楼的
是不是
最早听到风声和雨点的人

或者，是梦里也在

行走的人

没有谁知道
那一盏灯,什么时候熄灭
也没有谁知道
他在酣睡中轻轻起身

下一刻
他出现在漆黑的露台
空茫地俯视
或者眺望

鱼鳞般跳动的浮光,铺成
无边的黑

孤独的梦游者,下一刻
会在谁的梦中

11+

我要在楼顶搭一座
空中楼阁。这是多余的部分
并非肉身所需

我要将沉积的尘埃
和时光的爬痕
逐一清理,给楼阁留出

更大的空

那里
本来就是一块空地
飞鸟,也许曾在此停落

我要做的是
拧动通往楼顶的
一把暗锁
将身体,移到更高处

当风声掠过耳廓
我听见的喘息,幽远如谜

王维

1　异乡

> 遥知兄弟登高处,遍插茱萸少一人。
> ——王维《九月九日忆山东兄弟》(作于唐开元五年,717年)

我们总是要在异乡。一千三百年前的异乡
与今日有何不同?一千三百年前,长安城
游动的车马更多,石板上回响的足音更远
我看见你的一角青衫,于接踵人流中隐没

异乡就是故乡。我写下此诗的第一个字时
谁和我,一同走在你曾走过的某条路上
那时茱萸摇曳,徐徐清风酿出了一杯淡酒
你是酒里的影子,我是你同样孤独的兄弟

2　玉壶

> 若向夫君比,清心尚不如。
> ——王维《赋得清如玉壶冰》(作于唐开元七年,719年)

玉壶的光影映入格窗,投射出淡淡的履痕
回头处,京兆府的考桌,已无声退至身后

浮云和流光轮回郁结，当一曲《郁轮袍》
在指间响起时，是谁记下那桩流传的轶事

墨字消隐。你用过的薄纸，有人还在用着
你看过的皎皎月色，依然有人在默默看着
朝朝暮暮之间，我寻着你的影子，在宫阙
重重的轮廓里，在花草依稀的小径拐弯处

3 驿途

  落花寂寂啼山鸟，杨柳青青渡水人。
    ——王维《寒食汜上作》（作于唐开元十四年，726 年）

鸟过汜水，渡口等待着远行客；远眺青山
折绕着下一段未知的旅途。我的大好年华
总在回望盛唐的时光中虚度，而你的吟咏
随杨柳拂动，须臾间被不知名的雀鸟衔走

更孤寂的日子，还在路上。所有河流都是
同一条河流，上面流淌着苍茫不绝的暮色
如果有人在前头伫立，我臆想那或许是你
或许是另一个我，于清风中留下几行绝句

4　流水

> 解缆君已遥，望君犹伫立。
> ——王维《淇上送赵仙舟》（作于唐开元十六年，728 年）

然而，脚下的流水，并不是前一刻的流水
奔涌不息的流水抱着小小舟子，愈漂愈远
流水之上，星汉不住旋转。在旋涡的中央
那无限孤独的心跳，被今夜的我轻轻按住

然而流水之上，送行的人终将被何人所送
子曰：逝者如斯夫。你在流水之上找到的
是菩萨的脸，我在挪移的时空中，看见的
是我的前身：时而虚幻，时而又如此清晰

5　出塞

> 大漠孤烟直，长河落日圆。
> ——王维《使至塞上》（作于唐开元二十五年，737 年）

前往古凉州的高铁，携秋风一路向西疾驰
掌间几盏灯火跳过，沙丘和村落一晃而逝
坠于黄河的落日，在遥遥的那端如常潜行
千载苍茫中，我起身拉下玻璃窗上的帘幕

而你的车马渐行渐远，向着更荒凉处走着
人间如羁旅，疾驰的列车，复现不出你所

描拟的景致。只有秋风,仍在急急地追赶
无论在繁华长安、萧瑟塞外,在千年以后

6 嗟别

> 故人不可见,汉水日东流。
> ——王维《哭孟浩然》(作于唐开元二十八年,740 年)

当再次望见流水,它错身东去,丝毫不管
带走或留下了什么。大唐的盛世,已到了
尾声,先走一步的人,听不到更多的泣音
也无须管寥落山河,谁犹自在写花开花落

故人不可见。纵使有高速公路、高铁以及
万米高空之上的飞机,揖手一别,此后也
再不相见。时光的另一壁,我从梦中醒来
收拾好从前的行囊,千山万水待重新走过

7 南山

> 行到水穷处,坐看云起时。
> ——王维《终南别业》(作于唐开元二十九年,741 年)

水云间有最宁静的灵魂,有不可言的造化
且行,且坐,且憩,翻涌着的层峦里关着
一匹匹野马。山中不见长安城,也看不见
多余的岁月;飞瀑无声,将峭壁反复捶打

在同样的不惑之年,踩着终南山上的石阶
我的额顶、双肩,抖落下不尽的清霜明月
没有人知道我们从哪里来,最终又归何处
所谓的顿悟,只不过是听风吹万物的自然

8 居士

> 着处是莲花,无心变杨柳。
> ——王维《酬黎居士淅川作》(作于唐天宝五年,746年)

远方的菩萨在静室里安坐。维摩诘,净名
无垢尘,你在哪里,哪里就是所需的净土
云无心以出岫,尘埃之内,善缘早已暗结
青龙寺外的虫蚁,一遍遍吞下经卷和低语

我写的诗文,是砖壁上浮出的一小截光影
一眨眼就消失,甚至比不上草叶上的露珠
远方的菩萨,你来到我的静室安坐。垂下
你的眉目,我们不开口,只愿长久地对视

9　渭城

　　劝君更尽一杯酒,西出阳关无故人。
　　——王维《送元二使安西》(作于唐天宝十四年,755 年之前)

渭城的雨,从城东处落到了城西。又到了
送行时候,车马急急,催迫着异乡的消息
落在渭城的雨,打湿不了千里阳关的飞尘
三叠唱罢,零乱的衣襟,隐去了旧年颜色

我们总是要在异乡。更孤寂的日子,还在
路上,在即将出发却从未抵达的某个地方
我的行囊如此空空,还有什么来不及抛下
这一刻雨点纷纷,向我看不见的角落飘洒

10　辋川

　　来者复为谁?空悲昔人有。
　　——王维《辋川集·孟城坳》(作于唐天宝十四年,755 年之前)

从孟城坳、鹿柴,到竹里馆、椒园,辋川
落到纸帛上,是淡淡的墨字、佚失的青绿
抑或是寄置肉身的人间寓所?昔日的主人
不见踪迹,下一个前来的是哪个匆匆行客

山水中有私语。川谷寂寂,回响着时光的
余音;雾气和雨水,顺着屋舍的勾檐滴落
你听到了这些,所以你心里有别样的慈悲
十六年后离开时,是谁无声站在你的身后

11　春望

　　欣欣春还皋,澹澹水生陂。
　　　　——王维《赠裴十迪》(作于唐天宝十四年,755 年之前)

那驮黄檗木出山的人是幸运的,春日将至
他怀里的短札,氤氲着草木蔓发的湿气和
温度。那个姓裴名迪行十的秀才是幸运的
收到短札的那一刻,他将手中的经书放下

更幸运的,是尘世的遇见。春风遇见草苔
青石遇见溪涧;我在芥子里遇见的,会是
哪一个自己?春日将至,涤净去冬的微尘
烟雨朦胧的秦岭北麓,接纳了缥缈的倒影

12　秋洗

　　明月松间照,清泉石上流。
　　　　——王维《山居秋暝》(作于唐天宝十四年,755 年之前)

众鸟归林时,天色渐渐暗了下来。山中的
日子悄无声息,抬头遥望,明月已挂松间

我喜欢这安宁的时刻,如一场秋雨的梳洗
我需要我的身体是干净的,不带一点杂质

我说出的喜欢,是轮回人间的每一番际遇
是岁序更换之时的两相知。我说出的喜欢
是空幻的,溪水淌过双足,淌过我的影子
更远的山谷之中,时隐时现着一点点萤火

13 独坐

> 雨中山果落,灯下草虫鸣。
> ——王维《秋夜独坐》(作于唐天宝末年)

听——风吹竹叶的声音,雨点敲窗的声音
一枚野果,砰然坠地的声音;烛火摇动中
衣衫摩挲的声音,白发向案头落下的声音
过去的、未来的时间,于纸上滑过的声音

而小小虫子在天地间啾鸣,是小时候你在
蒲州猗氏县听到的那一只,还是十五岁时
初去长安,在骊山苍莽荒岭之上的那一只
听——啾鸣声声,乐器上抚过清凉的手指

14　管弦

秋槐叶落空宫里,凝碧池头奏管弦。
——王维《菩提寺禁裴迪来相看说逆贼等凝碧池上作音乐供奉人等举声便一时泪下私成口号诵示裴迪》(作于唐至德元年,756 年)

乱世的野烟落到洛阳,落到城南的菩提寺
马蹄声伴着钟声响起时,霓裳羽衣的王朝
已经走远。这般困境我不曾经历,这样的
山河,在你的笔端该涂抹怎样的一种墨色

槐叶落,青衣瘦。长安城里,再寻不见那
四十年前系马高楼的翩翩少年。砖壁之外
是你一次次抬头仰望过的星宿。亘古以来
它们就在那里,看见一切,又忽略了一切

15　催暮

鹊乳先春草,莺啼过落花。
——王维《晚春严少尹与诸公见过》(作于唐乾元元年,758 年)

此刻,乡野、村落和庭院,笼罩着蒙蒙的
烟色,而青青草叶,顺着院墙和小径一意
向上生长。此刻,星河之沙自手指间泻落
杯中茶水微温,你我慢慢端起,慢慢饮下

残余的一缕夕晖,落在目光所不及的远方
暮时已至,木门缝隙间,晃过了谁的面孔
一个我,又一个我,翻着诗页与贝叶经卷
他们神色飘移,动作悠缓,像一帧水墨画

16　有归

> 犹羡松下客,石上闻清猿。
> ——王维《瓜园诗》(作于唐上元元年,760年)

迟缓的脚步几经辗转,终于来到了最后的
瓜园。寻得一块石头坐下,松涛阵阵传来
你——王维,王摩诘,王右丞,诗书画乐
皆绝的儒生,虔诚的奉佛者,三十岁丧妻

之后再未续娶的男子,出没于山水之间的
隐士——他们此刻在异乡聚首,合而为一
在异乡,蓝田境内,飞云山下,辋川河畔
一道影子渐趋澄澈、虚无,于山水间晕开